세미피터널 단어

사랑과 시의 언어

Translated to Korean from the English version of
Sempiternal Words

푸르니마 딕싯

모든 글로벌 퍼블리싱 권리는

우키요토 출판

2024 년 발행

콘텐츠 저작권 © Purnima Dixit

ISBN 9789362699534

에디션 1

판권 소유.

이 출판물의 어떤 부분도 출판사의 사전 허가 없이 전자적, 기계적, 복사, 녹음 또는 기타 수단에 의해 어떤 형태로든 검색 시스템에 복제, 전송 또는 저장할 수 없습니다.

저자의 저작인격권이 주장되었습니다.

이것은 픽션 작품입니다. 이름, 등장인물, 사업체, 장소, 사건, 지역 및 사건은 저자의 상상의 산물이거나 허구의 방식으로 사용됩니다. 살아 있거나 죽은 실제 사람, 또는 실제 사건과 닮은 것은 순전히 우연의 일치입니다.

이 책은 출판사의 사전 동의 없이 출판된 것 이외의 어떤 형태로든 제본이나 표지로 거래, 재판매, 대여 또는 기타 방식으로 배포되지 않는다는 조건에 따라 판매됩니다.

www.ukiyoto.com

승인

수년에 걸쳐 쓴 내 시집. 당신의 마음을 감동시키는 시는 사랑을 느끼고, 사랑에 빠지는 것의 선함을 느끼고, 사랑받는 것입니다.
세상을 돌아가게 하는 네 글자 단어를 사랑하고, 우리 각자는 인생의 어느 시점에서 그것을 경험했습니다.
이 시들은 사랑, 자기 사랑, 삶을 아름답게 하는 감정에 전념합니다.

항상 제 곁에 있어주고 저를 미소 짓게 해준 사랑하는 사람들, 가족, 친구들에게 감사의 인사를 전하고 싶습니다. 돌아가신 할아버지 Sh 에게 특별히 감사드립니다. 마노하르 랄 샤르마(Manohar Lal Sharma)는 내내 길잡이가 되어주고 영감을 주었습니다. 항상 그를 그리워하십시오 .

저에게 영감과 축복을 주시는 하나님께 더 큰 감사를 드립니다.

목차

나의 운명	1
당신과 나	3
친구	4
바로 그 순간입니다	5
마이 스페셜	6
평생의 약속	7
내 사랑	8
그게 나에요	9
우리의 사랑	10
나의 소울메이트	11
당신을 그리며	13
올드 스쿨 로맨스	15
단 하나	19
나의 세계	20
나와 함께 있어요	22
안녕하세요	24

우리는 누군가에게 많은 것을 의미합니다	25
우리의 생각	28
우리의 용기	30
너는 내 것이다	31
당신만	34
러브 메이징	35
나는 나다.	36
나는 나다.	37
말하지 않은 채로 남겨	38
너에 대한 나의 사랑	40
우리의 사랑	42
영원은 거짓말이다	44
내 인생은 당신에 관한 모든 것입니다.	46
나의 꿈의 파트너	48
작성자 정보	49

푸르니마 딕싯

나의 운명

널 찾은 게 최선이었어
너와 사랑에 빠지는 건 운명이었어

첫 만남이 예정되어 있었습니다
첫눈에 반하는 건 운명이었어

너한테 계속 미소 짓는 건 내 마음에서 우러나온 거야
내가 미소 지을 수 있는 이유가 된 것은 운명이었다

쉬지 않고 너와 이야기하는 것이 내 습관이었다
그걸 즐기는 건 운명이었어

널 아는 건 내가 결정한 거였어
내가 가장 좋아하는 네가 된 건 운명이었어

널 내 인생에 두는 건 최선의 결정이었다
함께 지내는 것은 운명이었다

널 사랑하는 건 내 선택이었어
하지만 날 다시 사랑해준 건 운명이었어

너의 가장 친한 친구가 되는 것만으로도 충분했을 텐데
당신은 나의 "남편"이 될 운명이었습니다

세미피터널 단어

"소수"의 만남으로 시작된 만남
일곱 번의 생을 함께한 것은 운명이었다

푸르니마 딕싯

당신과 나

어색한 첫 만남부터 함께 미친 짓까지
첫미소부터 함께 웃기까지
서로를 모르는 것에서 항상 함께 있는 것까지

첫인사부터 모든 것을 공유하기
첫 대화부터 논스톱 채팅까지
첫 회의부터 매일 회의까지

낯선 사람에서 가장 친한 친구로
가장 친한 친구에서 연인으로
연인에서 남편으로 아내

첫 키스부터 첫 데이트까지
첫 데이트부터 결혼식 당일까지
이제 부모가

되기를 기다릴 수 없습니다 우리는 지금까지
우리의 여정을 즐겼습니다 더 많은 여행을 함께 즐길
것입니다

세미피터널 단어

친구

당신이 모든 것을 할 수있는 사람 & 무엇이든 할 수 있는 사람
당신이 당신의 미친 자아가 될 수 있는 사람

당신이 조용할 때 당신의 말을 듣는 사람
당신의 흘리지 않은 눈물을 보는 사람
항상 함께하지는 않지만 결코 헤어지지 않은 사람

당신과 함께 추억을 만들고 공유하는 사람
당신을 미소 짓게 하는 사람
당신의 나쁜 날도 좋게 만드는 사람
누가 당신을 데리러 오나요, 모두가 당신을 내려 놓을 때

당신은 당신 자신의 이야기를 쓰고 당신의 친구는 그 이야기의 일부입니다
당신은 친구를 선택하지만 그들은 결코 떠나지 않기로 결정합니다

몇 년 동안 함께하지 않았을 수도 있지만, 한 번도 떠나지 않은 친구들은 영원한 진정한 친구입니다.

푸르니마 딕싯

바로 그 순간입니다

"그"가 그 사람이라는 것을 아는 데 몇 분이 걸렸습니다
그 "사랑"을 깨닫는 데 몇 달이 걸렸습니다

그것이 얼마나 "깊은지" 아는 데는 시간이 걸렸습니다
그것이 영원하다는 것을 알기 위해서는 일곱 번의 맹세가 필요했다

서로를 이해하기 위해서는 조용히 눈빛 대화가 필요했다
심장 박동이 잠깐 지나서야 그 사람이 그 사람이라는 것을 깨달았다

그를 만나는 데는 시간이 조금 걸렸다
그에게 빠져들기까지는 미소가 필요했다
그에게 매료되기 위해서는 그의 매력이 필요했다

정서적 유대감을 형성하는 데 Feels 가 필요했습니다
함께함

의 여정을 시작하기 위해 손을 잡았습니다 영원을 알기 위해 정서적 유대가 필요했습니다.

마이 스페셜

당신은 나의 특별한 사람입니다
넌 날 미소 짓게 해
당신은 인생 여행을 가치있게 만듭니다.

당신은 내 심장이 뛰는 이유입니다
당신은 나를 온전하게 만드는 유일한 사람입니다

나의 어두운 날들 속에서 당신은 나의 빛입니다
내 모든 잘못에 대해 당신은 옳습니다

당신은 내 날을 더
밝게 만듭니다 당신은 내 절망에 희망입니다

당신은 삶이 힘들 때 기댈
수 있는 내 어깨입니다

당신은 내가 깨어날 때 가장 먼저 떠오르는 생각입니다
당신은 내가 가장 좋아하는 사람입니다
당신은 내가 기분이 우울할 때 나의 자신감입니다

당신은 내 인생을 의미 있고 아름답게 만들었습니다
당신 없이 내가 할 수 있는 일

푸르니마 딕싯

평생의 약속

영원히 함께하겠다는 약속
서로를 이해하겠다는 약속
항상 곁에 있겠다는 약속
미소와 눈물을 나누겠다는 약속
외로울 때 포옹을 나누는 약속
슬플 때 서로를 미소 짓게 해주는 약속
당신을 사랑하고 당신만을 사랑하겠다는 약속

불을 둘러싼 일곱 가지 약속은 다음과 같습니다
한 번 약속하면
죽음이 우리를 갈라놓을 때까지 간직해야 합니다.

내 사랑

내 눈에 눈물이 고여
내 마음 속의 너
내 맘속의 사랑
그 사이의 거리
일출은 나에게 일몰이다
침묵 & 거리 나는 당신을 느낍니다
언젠가 만날 수 있기를 바라는 마음으로
그날을 상상하며 미소 짓는다

사랑은 안다.
모든 거리,
그것의 단지 테스트,
내 사랑은 어디까지 갈 수 있을까

푸르니마 딕싯

그게 나에요

나는 듣고 싶은 목소리
전하고 싶은 생각이 있습니다
하고 싶은 말이 있다
나는 이루고
싶은 꿈이다 나는 내가 누구인지에 대해 자신감이 있다
나는 강하다, 모든 것을 이겨낼 수 있는 사람

하지만 여전히,
나는 약할지도 모르지만, 그것들을 극복할 줄 안다
결점이 있을 수 있지만 그것을 받아들일 줄 압니다
나는 실수를 할 수 있지만, 실수를 통해 배울 줄 안다
나는 미숙할지도 모르지만, 진화하는 것을 알고 있다

나는 나다.
나는 내가 사랑해야 할 사람이다
나보다 나를 더 사랑할 사람은 없을 것이다

세미피터널 단어

우리의 사랑

내가 너를 보기 훨씬 전부터
우리는 서로에게 속해 있었다

어쩌면, 언젠가, 나중에가 아닐 수도 없다
우리가 서로를 만난 순간 당신을 사랑했습니다

당신과 사랑에 빠지지 않았습니까?
하지만 우리는 서로를 부둥켜안았다

오늘 & 매일 당신을 사랑합니다
매일 서로에게 말할 필요가 없습니다.

거기 있어, 서로 옆에
조건 없이 함께 사랑
손을 잡고 앞으로 나아가기
영원히 서로 가까이
이번 생애 & 그 이상!

푸르니마 딕싯

나의 소울메이트

당신은 아름다워요
아름다움은 당신으로부터 시작됩니다
당신은 행복한 햇살입니다
행복은 나로부터 시작된다

넌 내 꿈이야
당신은 내 심장을 뛰게 합니다
당신은 내 인생을 달콤하게 만듭니다

당신은 밤을 빛나게 합니다
당신은 날을 밝게 만듭니다
당신은 내 인생을 달콤하게 만듭니다

내가 쓰는 글은 당신에 관한 것입니다
내가 가진 생각은 당신에 관한 것입니다
내가 느끼는 감정은 너를 위한 것이다
눈은 당신만을 바라봅니다

넌 내 꿈이 아니야
하지만 내 운명
나는 당신을 사랑할 운명입니다

모든 생애에서

모든 현실에서
나는 항상 당신을 선택하기 위해 당신을 찾을 것입니다
나의 소울메이트!!

푸르니마 딕싯

당신을 그리며

어제보다 조금 더 그리워
그리고 내일보다 조금 덜합니다

더운 여름에 보고 싶어요
추운 겨울이 그리워요

봄의 색으로 당신을 그리워합니다
비 에서 당신이 그리워요

반짝이는 별이 그리워요
새벽녘에 네가 그리워

옛날 네가 그리워
어둠 속의 네가 그리워

상쾌한 바람에 그리워요
외로운 밤에 보고 싶어요

내 심장이 뛰는 네가 그리워
고독 속의 네가 그리워

내 행복 속에 네가 그리워
두려움 속에서 네가 그리워

내 말에 당신이 그리워요
내 생각에 네가 그리워

슬픔
속에 네가 그리워 잠 못 이루는 밤에 네가 그리워

미소 속에 그리워요
눈물 흘리며 보고 싶어요

내 감정 속의 네가 그리워
내 눈물 속에 네가 그리워
내
손가락이 그리워 위로의 포옹이 그리워

너의 귀여움이 그리워
너의 따뜻함이 그리워

반짝이는 너의 눈이
그리워 너의 수줍은 미소가 그리워

난 그저 네가 그리워,
떠날 때
나는 당신이 그리워요,
나는 당신이 돌아 오기를 기다립니다.

푸르니마 딕싯

올드 스쿨 로맨스

페이스북이 살아가는 시대에,
나는 활기찬 사람을 만나고 싶다

인스타그램 스토리의 시대
나는 말로 이야기를 나누고 듣기를 기다리고 있습니다

필터 시대
나는 여과되지 않은 누군가를 만나고 싶어 한다

온라인 채팅 시대
얼굴을 맞대고 이야기하는 데 관심이 있습니다

Zoom 회의에서 토론하는 시대
별빛 아래서 대화를 나누고 싶다

Spotify 재생 목록을 듣는 시대
누군가 내 심장 박동을 들어줬으면 좋겠어

마음에 드는 것을 트윗하는 시대
누군가에게 무언의 말을 들려주고 싶다.

릴의 시대
나는 나에게 느낌을 줄 사람을 찾고 있습니다

세미피터널 단어

장소에 도달하기 위해 GPS 위치를 추적하는 시대에
누군가 내 마음의 길을 찾아줬으면 좋겠어

WhatsApp 메시지를 보내는 시대에
손편지 연애편지를 받을 수 있기를 기대하고 있습니다

해시태그, 트렌드를 따르는 시대
자신의 마음을 따르는 사람을 원합니다
영상채팅 시대
손을 잡고 "Chatts"(옥상)에서 수다를 떨고 싶다

자막 읽기의 시대
누군가 내 눈을 읽어줬으면 좋겠다.

모두가 지적이고 싶어 하는 시대
나는 사랑 안에서 벙어리가 될 자를 찾고 있다

남자들이 사나이가 되려고 노력하는 시대에는 거칠고 터프합니다
부드러운 마음으로 「남자」를 찾는다

이별·오해의 시대에
누군가 나를 이해해 주었으면 좋겠어요

모든 것이 디지털화되는 시대

푸르니마 딕싯

개인적인 접촉을 경험하고 싶습니다.

모든 것을 집으로 배달할 수 있는 시대
누군가 손수 만든 선물을 만들고 싶다.

모든 것을 포토샵으로 할 수 있는 시대
결점에도 불구하고 달이 아름답다고 생각했으면 좋겠다

멋지려고 노력하는 모든 사람의 시대에
나는 여전히 로맨스 올드 스쿨을 바라고 있습니다.

여성이 강하고 자립하는 시대
나를 돌봐줄 사람을 찾고 있어요

누가 더 나은지 경쟁하는 남녀의 시대
누군가 함께 걸었으면 좋겠다.

이 빠른 세상에서
누군가 나를 향해 천천히 걸어오기를 기다리며

세상의 모든 선물 중에서
함께의 기쁨을 받는 것이 기다려집니다

모든 질문 중에서,
누군가 내 대답이 되었으면 좋겠어

퍼즐 조각을 맞추기 위해

누군가 빠진 조각이 되었으면 좋겠어요

혼자서도 강하고 행복할지도 모른다
아직도 누군가 내 발을 쓸어주길 기다리고 있다

누구보다 나 자신을 사랑하고,
하지만 누군가 나보다 나를 더 사랑한다면 사랑할 것입니다!!

이 넓은 세상 속에서,
나는 누군가의 세상 전체가 되고 싶다.

푸르니마 딕싯

단 하나

사방이 어두워질 때
누군가 희망의 빛으로 다가온다

주위가 추울 때
누군가는 사랑의 따뜻함을 가지고 온다

눈물을 흘릴 때
누군가 당신을 미소 짓게 하기 위해 온다

외로울 때
누군가 여러분과 함께하기 위해 올 것입니다

넘어질 때
누군가 당신을 지지할 것입니다

통증을 느낄 때
누군가 당신을 치유해 줄 것입니다

모든 것이 잘못되었을 때
누군가 모든 것을 바로잡기 위해 올 것입니다

그 "누군가"를 영원히 붙잡으십시오
절대 놓지 마세요!

세미피터널 단어

나의 세계

미소 넘치는 세계에
당신의 미소는 내가 가장 좋아하는 미소 (너의 미소는 내가 가장 좋아하는)
사람 넘치는 세계에
당신은 내가 사람에게 가는 사람입니다

낯선 사람들로 가득한 세계에서
당신은 내가 아는 사람입니다

가짜가 넘치는 세계에서
당신은 유일한 진짜입니다

오해가 가득한 세상에서
당신은 나를 가장 잘 이해하는 유일한 사람입니다

비판이 가득한 세상에서
넌 나를 응원하는 사람일 뿐이야

불확실성으로 가득 찬 세상에서
당신은 나에게 긍정을 줍니다

사람들이 당신이 떨어지기를 기다리는 세계에서
넌 항상 내가 일어설 수 있도록 도와줘

푸르니마 딕싯

나의 가장 어두운 날에, 당신은 나의 빛입니다
내가 가장 약했던 시절에 너는 나의 힘이다
내 외로운 날에 넌 내 곁에 있어
내 우는 시간 동안 당신은 나의 미소입니다
텅 빈 날들 속에 희망으로 채워 주십니다
이 긴 여정에서 당신은 나의 생명입니다
넌 내가 찾던 내 잃어버린 조각이야.

세미피터널 단어

나와 함께 있어요

밤보다 긴 시간
아침보다 상쾌한
저녁보다 시원한

여름보다 더운 날씨
겨울보다 아늑한

별보다 더 밝게
달보다 아름다워
꽃보다 향기

추억의 보물을 나누다
아니 명백한 감사합니다 및 죄송합니다

오랜 역사를 가진
함께 수수께끼
공유
행복과 눈물
진정과 두려움
루즈 및 치어스
멀지만 가까울 수도 있습니다.

그러나 항상

푸르니마 딕싯

약속과 같은 유대감
꽃처럼 피다
다이아몬드처럼 빛나다

나와 함께 있어요
앞으로 몇 년

수많은 약속을 이행하자
수많은 추억을 만들자

여기에 머무르세요
밤보다 긴 시간
아침보다 밝게
저녁보다 시원한

안녕하세요

항상 자신감을 가지세요
결코 낙담하지 마십시오

항상 스스로 말해야 합니다.
절대 부끄러워하지 마세요.

꿈을 이루기 위해 열심히 노력하세요
절대 포기하지 말고 다른 사람을 위해 꿈을 쫓아가세요

항상 당신의 열망을 실현하십시오
다른 사람의 기대에 부응하려고 하지 마십시오

마음이 원하는 것을 이루십시오
다른 사람을 기쁘게 하려고 하지 마십시오

남들과 달라도 괜찮아
당신은 당신의 방식에서 특별합니다

다른 사람들이 당신을 좋아하지 않더라도 걱정하지 마십시오
너 자신을 사랑해, 아무도 너보다 널 더 사랑하지 않을 거야

푸르니마 딕싯

우리는 누군가에게 많은 것을 의미합니다

때때로 우리는 별과 같습니다
우리는 사랑에 빠지고 누군가의 소원이 이루어진다

때때로 우리는 미소와 같습니다
우리는 행복을 발산하고 누군가는 기운을 북돋아 준다

때때로 우리는 바다와 같습니다
몇 번을 보내도 해안선에 키스하는 것을 멈출 수 없습니다

때때로 우리는 하늘과 같습니다
광대 한 및에 도달하는 것이 불가능 할 수도 있습니다.
하지만 누군가 우리 안에서 자신의 은하계를 발견합니다

때때로 우리는 태양과 같습니다
누군가 우리에게서 따뜻함을 발견한다

때때로 우리는 레인와 같습니다
누군가의 걱정은 빗방울로 씻겨 내려간다

때때로 우리는 집과 같습니다
누군가 우리 안에서 위로와 평화를 발견합니다

때때로 우리는 목적지와 같습니다
누군가는 우리에게서 찾고 있는 모든 것을 발견합니다

때때로 우리는 섬과 같습니다
누군가는 떨어져 있지만 우리와 깊이 연결되어 있을 수 있습니다

때때로 우리는 심장 박동과 같습니다
누군가는 우리 없이는 살 수 없습니다

때때로 우리는 비할 데 없는 것과 같습니다
누군가는 우리 너머를 볼 수 없다

때로 우리는 권력과 같다
누군가는 우리에게서 힘을 발견합니다

때때로 우리는 열쇠와 같습니다
누군가 우리에게 마음을 열어줍니다

때때로 우리는 우주와 같습니다
누군가는 우리에게서 반짝이는 별을 발견합니다

때때로 우리는 우주와 같습니다
누군가는 우리에게서 자신의 모든 세계를 발견합니다

때때로 우리는 빛과 같습니다

누군가의 하루를 밝게 비춰줍니다

때때로 우리는 달과 같습니다
항상 누군가와 함께 걷다 및 그들은 결코 외로움을 느끼지 않는다

때때로 우리는 자신이 가치 없는 존재라고 생각합니다
누군가에게 우리는 가장 소중한 보물입니다.

우리의 생각

생각은 바다와 같다
야생, 광대, 깊은, 신비한 및 무료

생각은 파도와 같고,
우리는 그들이 오는 것을 결코 막을 수 없습니다
항상 움직이고, 마음의 해안을 만지고, 추억으로 우리와 함께하십시오.

생각은 결코 가만히 있지 않다
그들은 파도처럼 휘젓고 다닌다
마음이 감동과 감동, 상상력을 불러일으킬 때

생각은 물방울과 같다
우리는 부정적인 생각을 광활한 바다에 빠뜨리고 긍정적인 생각에 떠 있을 수 있습니다

생각은 잔물결과 같고,
깊이와 아름다움을 찾으세요 우리는 우리의 마음이 평온할 때만 볼 수 있습니다

생각은 해변의 모래알과 같다

그들이 우리의 마음을 따뜻하게 할 때, 우리는 우리가 옳다는 것을 압니다

생각은 바다와 같다
그들은 침착하거나 거칠 수 있습니다
무겁거나 낮음
하지만 언제나 아름다워
영혼에 기쁨을 가져다줍니다

세미피터널 단어

우리의 용기

용기는 앞으로 나아가는 것입니다
풀어도

용기는 굳건히 버티는 것입니다
모두가 당신을 끌어 내린다고 해도

용기는 옳은 일을 위해 싸우는 것이다
혼자라도

용기는 느린 걸음으로 걷는 것입니다
달릴 수 없어도

용기는 목표를 위해 꿈꾸는 것입니다
잠을 잘 수 없어도

용기는 우주
의 긍정을 믿는 것입니다

용기는 빛에 대한 희망을 유지하는 것입니다
주변이 모두 어두워도

용기는 햇살을 찾는 것이다
그렇지 않다면 나만의 햇살이 되십시오

푸르니마 딕싯

너는 내 것이다

당신은 내 슬픔에 행복입니다
당신은 나의 어둠에 빛이십니다
당신은 내 외로움 속의 동반자입니다

당신은 내 모든 문제의 해결사입니다
당신은 내 부서진 조각의 해결사입니다

당신은 내 모든 수업의 선생님이십니다
당신은 무엇이든 신맛이 납니다

당신은 모든 예술의 마법입니다
당신은 나의 모든 새로운 시작에 자신감입니다

당신은 내 혼돈에 평화입니다
당신은 내 불안에 평온을 가져다주십니다

당신은 내 초조함에 차가움입니다
당신은 나의 모든 혼란에 명료하시다

당신은 나의 모든 업적에 대해 찬양합니다
당신은 모든 목적지에 대한 나의 파트너입니다

당신은 내 절망에 희망입니다
당신은 내 상처를 치유하고 있습니다

그대는 나의 가을에 봄을 피우고 있다

당신은 내 모든 부정적인 것에 긍정적입니다
당신은 내 차가운 마음에 따뜻함이 되어
넌 내 광기에 정상이야

당신은 내 모든 광경에 아름다움을 더합니다
당신은 내 어두운 밤에 별을 그립니다
당신은 내 아침을 밝게 만듭니다

당신은 모든 가을에 나의 지지자입니다
당신은 내 퍼즐 조각을 놓치고 있습니다
넌 이슬비에 내 우산이야

당신은 사랑의 종류입니다, 이야기는 만들어집니다
사람들이 소설을 쓰는 대상은 바로 당신입니다
당신은 사람들이 소울메이트에 대해 이야기하는 것입니다

당신은 내 일상에 색을 더합니다
당신은 내 모든 순간의 기억입니다
당신은 내 평범한 삶에서 매우 평범합니다

당신은 내 생각에 날개를 달아줍니다
내 마음에 행복
내 마음에 떠오르는 생각

푸르니마 딕싯

내 눈에 반짝임
입술에 대한 말

당신은 내가 기도하는 사람입니다
당신은 내 모든 소원이 있는 사람입니다
당신은 내 삶을 더 낫게 만드는 사람입니다

당신은 내 마음을 미소 짓게 합니다
당신은 내 눈을 빛나게 합니다
당신은 내가 원하는 모든 것입니다

당신은 모든 것이 괜찮다고 느끼게 합니다
너는 나의 것, 나의 햇살이다.

당신만

내 생각은 당신에 관한 것입니다.
내 말은 당신에 관한 것입니다

내 모든 느낌, 내 감정은 너를 위한 거야
내 눈은 너만을 바라봐

넌 내 꿈이 아니야
하지만 내 운명
나는 당신을 사랑할 운명입니다

모든 생애에서
모든 현실에서
나는 언제나 너를 향해 걸어갈 것이다
나는 항상 당신을 찾고 당신을 선택할 것입니다
나는 당신의 것입니다.
너와 함께라면 기분이 좋아진다

러브 메이징

나 자신을 사랑하는 것은 허영심이 아니라 온전함이다
나는 나 자신을 사랑한다, 사람들이 나를 사랑하기를 바라는 방식

아무도 나를 사랑하지 않을 것이다, 나보다 더
나는 그만한 가치가 있기 때문에 나 자신을 사랑하고 있습니다

풍성한 자기애 발산
크든 작든 제가 이룬 성과가 자랑스럽습니다

아무도 하지 않더라도 나 자신에게 감사하는 마음.
가끔씩 등을 두드려주는 편이다

나 자신에게 많은 사랑을 주지만 결코 받지 못했습니다

나는 유일무이한 존재이기 때문에 아무도 나를 대신할 수 없다
나는 진화하고 있으며 항상 성장하고 있습니다

나의 약점에서 배우고, 나의 결점을 받아들이다
나는 빛나고, 나는 마법 같다
나는 모든 좋은 것을 받을 자격이 있다

나는 나다.

나는 내 문제보다 강하다
나는 나의 투쟁에 투사이다

나는 내 욕망을 참을 수 없다
나는 자유롭게 꿈을 이룰 수 있다

나는 도전에 강하다
나는 내 운명을 두려워하지 않는다

나는 나의 손실에 승자이다
나는 실패를 배우는 사람이다

나는 경쟁하는 것이 더 용감하다
나는 선택을 할 수 있는 독립자이다

나는 나의 무지에 대한 지식이다
나는 좋은 조언에 귀를 기울이고 있습니다

나는 내 행위의 통제자이다
나는 모든 네거티브에 긍정적이다

나는 열심히 일하는 일꾼이다.
나는 매일 즉흥 연주자입니다.

나는 내 인생의 리더입니다

푸르니마 딕싯

나는 나다.

나는 쓰러지고, 나는 나중에 일어난다
나는 실패하고, 나는 교훈을 얻는다

나는 느슨하게, 나는 더 열심히 일한다
나에겐 결점이 있고, 더 강해지기 위해 노력한다

나는 내려갔고, 나는 더 높이 올라가기 위해 노력한다
나는 뒤로 물러섰고, 더 멀리 가기 위해 발걸음을 내디뎠다

우울해, 행복으로 가는 길을 찾다
도전을 받고, 해결책을 찾는다

나는 혼자라는 것을 깨닫고, 나 자신을 지지한다
나는 낙담을 발견하고, 나 자신에게 동기를 부여한다

나는 사나워 나는 독립적이다
나는 나의 힘이다.

나는 나를 소중히 여긴다

세미피터널 단어

말하지 않은 채로 남겨

나를 바라보는 그대
내 눈은 말하고, 내 말은 말할 수 없는 것

당신이 걸어 갈 때
내 맘이 말해 넌 머물 수 없어

내 감정을 무시할 때
내 마음은 나를 꾸짖는다 , 그는 떠나고 있다

내 눈을 읽을 수만 있다면
내 심장 박동에 귀를 기울일 수만 있다면
내 감정을 느낄 수만 있다면

네가 내게 무슨 뜻인지 너는 알게 될 것이다
당신은 알다시피, 당신은 내가 살아야 할 이유입니다

당신은 알겠지, 당신은 내가 미소 짓는 이유입니다
하지만 , 이 순간 이후

넌 내가 다시는 사랑하지 않을 이유가 될 거야
당신은 내가 매일 밤 울 이유가 될 것입니다
당신은 싸울 가치가 없는 이유가 될 것입니다.

소원

언젠가는 이 모든 것을 여러분에게 말할 수 있을 것입니다.

너에 대한 나의 사랑

너에 대한 나의 사랑은 별과 같아
언제나 당신의 외로운 밤을 반짝반짝 빛나게

너에 대한 나의 사랑은 산들바람 같아
항상 네 곁에 있어, 네가 나를 못해도

너에 대한 나의 사랑은 태양과 같아
가장 필요할 때 항상 마음을 따뜻하게 해주세요

너에 대한 나의 사랑은 꿀 같아
항상 당신의 삶을 달콤하게, 로맨스를 더합니다

너에 대한 나의 사랑은 파도와 같아
밀어내더라도 항상 당신에게 돌아올 것입니다.

너에 대한 나의 사랑은 달과 같아
어디를 가든 항상 당신을 따라갑니다.

너희에 대한 나의 사랑은 단지 현존하는 것이 아니다
항상 거기 있었고, 및 영원히 당신과 함께있을 것입니다

너에 대한 나의 사랑은 무조건적이다
항상 이유 없이 당신을 사랑합니다

푸르니마 딕싯

너에 대한 나의 사랑은 시간과 같아
항상 앞으로 나아가고, 당신을 사랑하는 것을 멈추지
않습니다

너에 대한 나의 사랑이 전부다
그보다 더 중요한 것은 없습니다
그 앞에 오는 것은 아무것도 없습니다

영원히 끝나지 않는 여행!!

우리의 사랑

우리의 사랑
완벽할 필요는 없습니다
동화가 아니기 때문에

우리의 사랑
쉬울 필요가 없습니다
허구가 아니기 때문에

우리의 사랑
증명할 필요가 없습니다.
우리가 마음으로 알고 있듯이

우리의 사랑
말로 표현할 필요가 없습니다.
우리의 눈이 많은 것을 말하듯이

우리의 사랑
두려워할 필요가 없습니다
언제나 손을 잡고 있으므로

우리의 사랑
약할 필요가 없습니다.
우리는 서로의 힘이기 때문에

푸르니마 딕싯

우리의 사랑
혼자 싸울 필요가 없습니다
우리가 함께 도전에 직면할 때

우리의 사랑
가능만 가능
우리는 항상 서로를 위해 있습니다

우리의 사랑
그만한 가치가 있습니다
당신과 내가 만든 것처럼(당신 및 내가 그것을 실현한 것처럼)

세미피터널 단어

영원은 거짓말이다

영원한 것은 없다
행복인가 슬픔인가
회사 또는 외로움
빛이냐 어둠이냐
여름 또는 겨울
아침 또는 밤
낮 또는 저녁
비 또는 건조

기쁨인가 절망인가
아프거나 아픈 경우
안녕 및 작별 인사

모든 것은 지나간다
모든 것은 앞으로 나아간다
모든 것은 변한다

해가 뜨기 위해 달이 진다
새로운 밤을 위해 날이 끝납니다.
어둠은 빛으로 이어진다
고통은 치유로 이어진다
비는 무지개를 만든다

중요한 것은 "순간"입니다
웃어넘기고, 살아라
뭔가 씁쓸한 경우
약간의 단맛을 더하십시오
상황이 나빠지면
더 밝은 면을 찾으세요
행복이 당신을 찾지 못한다면
나만의 방식으로 행복을 찾으세요

상황이 좋으면 지속되는 동안 즐기십시오
나쁘더라도 걱정하지 말고,
그것은 또한 영원히 지속되지 않을 것이기 때문에

영원은 거짓말이다.

내 인생은 당신에 관한 모든 것입니다.

너의 미소는 나의 햇살
나의 나날을 밝게

너의 미소는 나의 이유야
나를 따라 미소 짓게

당신의 미소는 나의 치유자입니다
내 모든 아픔을 씻어내다

당신의 미소는 특별합니다
그것은 나를 더 행복하게 만든다

당신의 미소는 나의 동기 부여입니다
안전을 지키기 위해 모든 것을 하게 해주세요

너의 미소는 나의 반짝임
항상 나를 쾌활하게 만든다

너의 미소는 나의 마법
항상 나의 편안한 장소

많은 미소

하지만 당신의 것 는 내가 가장 좋아하는 것입니다

나의 꿈의 파트너

누군가 밤새도록 나에 대해 생각해줬으면 좋겠어
나는 누군가가 나의 결점 속에서 그의 사랑을 발견하기를 원한다

나는 누군가가 내 광기 속에서 그의 정신을 찾았으면 좋겠다
누군가 내 행복 속에서 그의 미소를 찾았으면 좋겠어

나는 누군가가 나의 혼돈 속에서 그분의 평화를 발견하기를 원한다
나는 누군가가 내 안에서 그분의 집을 발견하기를 원한다
누군가 내 안에서 자신의 세계를 발견했으면 좋겠어

내가 떠난 후 누군가 "나를 그리워"했으면 좋겠다.
누군가의 '떠나기 힘든 사람'이 되고 싶다
말하지 않은 나조차도 누군가에게 들려줬으면 좋겠다

누군가 나를 찾을 때까지,
나는 눈에 눈물을 흘리는 "괜찮아"사람입니다
입가에 미소를 짓는다.

작성자 정보

푸르니마

머릿속에 생각을 담고, 종이에 단어를 적는 작가인 푸르니마는 감정을 잉크로 칠한다. 단순함에 대한 열정을 가진 작가, 매혹적인 모든 것에 대한 감정, 경험 및 의견을 표현하는 것을 좋아합니다. 글쓰기의 세계는 그녀에게 영감을 주고 단어로 그림을 그리는 데 흥미를 느낍니다.

문학을 전공한 그는 열렬한 독서가였으며, 이는 그녀가 글을 쓰기 시작하도록 영감을 주었습니다. 처음에 그녀는 WordPress 에서 몇 가지 좋아하는 TV 에피소드에 대한 리뷰를 작성하는 것으로 시작하여 점차적으로 이야기를 작성하기 시작했으며 원하는 대로 캐릭터를 개발하고 스토리 엔딩을 제공하는 것이 재미있었습니다.

점차 시 쓰기에 관심을 갖게 되었지만, 이 책에는 그 중 몇 편이 등장하지 않는다. 5 + yrs 는 글쓰기에 중독되었고 앞으로 몇 년 동안 계속 글을 쓰고 싶습니다.

그녀는 독자들이 공감할 수 있는 가장 단순한 단어로 생각을 적으려고 노력한다.

글을 쓰지 않을 때, 좋은 음악을 듣지 않을 때, 당신은 그녀를 찾을 수 있습니다 독서 그리고 가장 중요한 것은 한국 드라마를 보는 것입니다.

www.ingramcontent.com/pod-product-compliance
Lightning Source LLC
LaVergne TN
LVHW041554070526
838199LV00046B/1956